Le cochon magique

Pour Rosalie

ISBN 978-2-211-20884-0
Première édition dans la collection *lutin poche* : juin 2012

Loi numéro 49 956 du 16 juillet 1949 sur les publications
destinées à la jeunesse : septembre 2010
Dépôt légal : juin 2012
Imprimé en France par Pollina à Luçon - L60855

Dorothée de Monfreid

Le cochon magique

lutin poche de l'école des loisirs
11, rue de Sèvres, Paris 6e

Un matin, Josette
vit un cochon à sa fenêtre.

Elle s'approcha pour le caresser.
«Bonjour, cochon. Tu es beau.
Je suis sûre que tu es magique.»
Hop, elle sauta sur le dos de l'animal,
puis ils partirent au trot tous les deux,
l'une dessus, l'autre dessous.

« Comment tu t'appelles ? » demanda la petite fille.
« Grroooïnk », répondit le cochon.
« Moi, c'est Josette. »

Ils entrèrent dans la forêt.

Le cochon allait au hasard, grignotant un gland par-ci par-là.

Ils arrivèrent dans une clairière où un lapin se reposait.
Le lapin leva la tête. « Il est sale, ton cochon. »
« Tu trouves ? Pourtant, c'est un cochon magique », dit Josette.

« Il saurait me rendre très beau ? » demanda le lapin.
« Bien sûr. Monte sur son dos, tu verras. »
Séduit par cette idée, le lapin monta et le cochon reprit sa route.

Il était bientôt midi.
À la sortie du bois, il y avait un chat qui mangeait un sandwich. « Il sent mauvais, ce cochon », grogna-t-il. « Tu ne devrais pas dire ça », dit Josette, « c'est un cochon magique. »

«Il exauce les vœux», dit le lapin.
«Grâce à lui, je vais bientôt devenir
le lapin le plus beau du monde.»
«Ridicule. Et moi, je vais devenir le chat
le plus riche du monde, peut-être?»
«Monte, tu verras», dit Josette.
Le chat hésita un moment
puis sauta sur le dos du cochon:
«Après tout, je n'ai rien à perdre.»

Le cochon, le lapin, le chat et Josette se remirent en route.
Ils traversèrent une rivière.
De l'autre côté, il y avait un chien qui jouait de la guitare.
« Grooïnk », dit le cochon.
Le chien s'interrompit : « Il a l'air bête, ce cochon. »
« Peut-être », répliqua Josette, « mais ça n'a pas d'importance, c'est un cochon magique. »
« Il peut te rendre très beau ou très riche, par exemple », dit le lapin.

« Moi, ce qui m'intéresse, c'est jouer de la guitare comme un dieu », répondit le chien. « C'est possible aussi », dit le chat, qui ne voulait pas passer pour un ignorant. « Allez, monte », dit Josette. Le chien ne se fit pas prier et se hissa sur le dos du cochon.

Une petite fille, un lapin, un chat, un chien et une guitare sur le dos, ça faisait lourd pour le cochon, qui suait à grosses gouttes. Il porta tout ce monde pendant un moment, puis s'effondra dans un pré, à côté d'un âne.

« Hé, cochon, relève-toi ! » cria Josette.
« Il est épuisé, ton cochon », dit l'âne.
« Pourtant, il est magique », répondit Josette.
« Ça n'empêche pas d'être fatigué », insista l'âne.

« Mais on ne va pas rester ici, la nuit va tomber », dit Josette, « tu veux bien le porter un moment, pour qu'il se repose ? »
« Je me baisse, fais-le grimper », répondit l'âne.

L'âne se mit en route.
Il marchait en tête, le cochon sur le dos.
Les autres suivaient.
« Je vous dépose où ? » demanda-t-il.
« Grooooïnk », répondit le cochon.
« Conduis-nous à la ville », dit Josette,
« on va dîner là-bas. »

« Alors comme ça, il est magique,
ce cochon ? » continua l'âne.
« Oui », répondit le chien. « Grâce à lui,
je jouerai bientôt de la guitare comme un dieu. »
« Moi, je vais devenir super riche », dit le chat.
« Et moi, super beau », ajouta le lapin.
« Mon rêve à moi, c'est d'être célèbre », avoua l'âne.

Lorsque les amis entrèrent dans la ville, tout le monde était fatigué, sauf l'âne. « Tout droit ? » demanda-t-il. « Groooöïnk », répondit le cochon.

Un petit garçon, les voyant arriver, fut pris d'un énorme fou rire. Des gens se penchèrent aux fenêtres, puis ils commencèrent à rire à leur tour et descendirent dans la rue pour suivre l'âne.

Au bout de la rue, il y avait une place avec un théâtre.

L'âne monta les marches du perron
et entra, suivi par une foule surexcitée.

Les gens s'installèrent dans la grande salle.
Ils étaient si nombreux que beaucoup durent rester debout.
L'âne monta sur la scène, le rideau s'ouvrit.

Alors le chien empoigna sa guitare et commença à jouer mieux qu'il ne l'avait jamais fait. Josette et le lapin se mirent à danser, le chat à chanter. La foule applaudissait, criait, tapait des pieds.

Le spectacle dura jusque tard dans la nuit. À la fin, un tonnerre d'applaudissements envahit le théâtre.

Le public lança des fleurs, des chapeaux, des pièces de monnaie. Le maire de la ville monta sur la scène, embrassa les artistes et décora l'âne d'une somptueuse médaille.

« Ça y est, je suis célèbre ! » cria l'âne.
« Et moi, je suis riche ! » dit le chat.

« Vous avez vu comme je suis beau ? » dit le lapin.
« Et moi, et moi, je joue de la guitare comme un dieu ! » hurla le chien.

Fatigués par tant d'émotions, les amis quittèrent le théâtre et entrèrent dans un restaurant.
«Au fait, Josette, c'était quoi, ton rêve ?» demanda le chat.
«Moi, mon rêve, c'était d'avoir un cochon magique», répondit la petite fille.
Et elle embrassa son compagnon sur le groin.